말의 활주로

이 도서의 국립중앙도서관 출판예정도서목록(CIP)은 서지정보유통지원시스템 홈페이지(http://seoji.nl.go.kr)와 국가자료종합목록 구축시스템(http://kolis-net.nl.go.kr)에서 이용하실 수 있습니다.

(CIP제어번호 : CIP2020013040)

J.H CLASSIC 048

말의 활주로

최병근 시집

지혜

시인의 말

따뜻한 항로라면 괜찮을 일이다
비판의 너울마저
쉬이 넘어야 하는 것이므로

완전한 연소의 힘으로
하얗게 기화되어야 하므로

2020년 봄날에
최병근

차 례

시인의 말 ———————————— 5

1부

풀꽃 ————————————————— 12
촛불 ————————————————— 13
말의 활주로 ————————————— 14
굴뚝꽃 ———————————————— 15
수숫대 ———————————————— 16
바다의 무덤 ————————————— 17
독살 ————————————————— 18
파리의 자궁 ————————————— 20
모기 견인차 ————————————— 21
나무의 집 —————————————— 22
갈대 연서 —————————————— 23
가득한 틈 —————————————— 24
낡은 목선 —————————————— 26
매미 기도원 ————————————— 27
부채의 내력 ————————————— 28
실패의 힘 —————————————— 29
족두리 꽃 —————————————— 30

2부

직지사 금강송 ———————————— 32
한 마디 ———————————————— 33
갈대의 계절 ———————————— 35
갈치 ———————————————————— 36
고드름 ———————————————— 37
극락 ———————————————————— 38
매화로 피는 달 ———————————— 39
사구의 흔적 ———————————— 40
소리의 풍경 ———————————— 41
짝짓기 비행 ———————————— 42
침묵하는 보시 ———————————— 43
나비바람 ———————————————— 44
내 친구 이발사 ———————————— 45
따뜻한 공양 ———————————— 46
목어의 울음 ———————————— 48
세탁소 아저씨 ———————————— 49
수건의 배후 ———————————— 50

3부

시각의 방향 ——————————— 52

투명한 집착 —와이퍼 ——————— 53

나침반 ————————————— 54

낡은 선풍기 ————————————— 55

석공의 자리 ————————————— 56

오월 미루나무 ——————————— 57

찔레꽃 ————————————— 58

처음 가는 길 ———————————— 59

카토이 ————————————— 60

콩죽 한 그릇 ———————————— 62

투명한 블랙홀 ——————————— 63

행복한 아미쉬 ——————————— 65

난전의 탑 ————————————— 66

따뜻한 표적 ————————————— 67

문현서원 전통호텔에서 ——————— 68

수선 부부 ————————————— 69

용수철 ————————————— 71

4부

유혹 ——————————————— 74

직선의 방정식 ——————————— 75

천고 ——————————————— 76

11월 ——————————————— 77

물 그림자 ——————————————— 78

미꾸라지의 배후 ——————————— 80

벽난로 앞에서 ——————————— 82

손에 핀 꽃 ——————————————— 83

스카이 댄서 ——————————————— 84

향 ——————————————— 85

황홀한 죽음 ——————————————— 86

모래시계 수도승 ——————————— 88

수탉의 송가 ——————————————— 89

씨앗 봉투 ——————————————— 90

아름다운 거짓말 ——————————— 92

중심의 방향 ——————————————— 93

오래된 그림자 ——————————————— 95

굴삭기의 포크 ——————————— 97

할미꽃 ——————————————— 98

해설 • 맑고 투명한 서정과 긍정의 세계 • 공광규 100

반경환 명시감상 • 모기 견인차 ——————— 116
　　　　　　　　　굴뚝꽃 ——————————— 120

1부

풀꽃

철길이나 돌담 보도블록
틈만 나면 웃더라

너도 편안하게 웃어볼래

촛불

제 한 몸 기꺼이 태워가는
저 찬연한 불꽃

그늘진 세상에 한줄기 빛을 던지는
무량한 춤사위다

제 몸을 낮추며 떨군
촛농 한 방울

자취 없이 사라진
저 성스러운 해탈

말의 활주로

혀끝 격납고가 개문하는 순간
세 치 혀를 따라가던 말의 비행은
위험한 좌표를 그리며 이륙한다

입 발린 소리들이 긴 비행운을 그린다
난기류에 휘말린 문장들
하얗게 토해놓은 비문의 기류는
항로를 이탈한 듯 기우뚱거렸다

관제탑의 제어를 벗어나
혼돈의 공역에서
비상시키고 추락시켰던 말들
고스란히 블랙박스에 남긴 채
SOS도 없이 추락해 버렸다

따뜻한 말 가득 싣고
골디락스행성* 항로를 따라가는
혀는 말의 활주로였다

* 지구와 비슷한 조건을 갖춘 생명체가 살 수 있는 행성

굴뚝꽃

그늘진 저녁
굴뚝을 읽는다

불길 속 나무의 뼈가
망울망울 풀어져
상형문자로 걸렸다

저 하얀 연기
수국처럼 피었다 사그라지는
목록의 흔적
실낱같은 가계가 선명하다

까맣게 타들어가
새겨진 지문
굴뚝굴뚝 피어난 꽃

수숫대

성근 땀이 식는 계절
하늘 높은 줄 모르고
쑥쑥 하늘로 올라가던 수숫대

참새들의 극성에도
임자 있으니 건들지 말라며
한 톨도 나눌 줄 모르고 살았다

무거운 고개 숙이면
죗값을 묻는 걸까
시퍼런 낫으로 목을 거두는 것은

회초리 태형으로
알곡을 다 털리고 나면
빈 모가지마저 내놓아야 한다

마지막의 쓸모는
죗값마저 쓸어 담으라는 것인지
수수 빗자루로 태어났다

바다의 무덤

장고도 청달산 아래 해안에는
물의 무덤이 있다

태양과 바람이 짜디짠 물을 거두자
염부는 바다의 뼛조각을 수습한다

저 하얀 무덤 속 밑간을 보며
깊은 바다의 속내를 본다

짜다 싱겁다 논하지 마라
투명한 결정으로 말라 핀 꽃

서로 간을 맞추고 적당히 절여지고
때론 숨도 죽여 가며 살면 되는 것이다

독살*

서천군 장포리 바닷가
고기 잡는 독살님은
원시인처럼 바다를 지키고 계시지만

수억 년째 퍼담지 못한 바닷물을
하루 두 번 뻘밭으로 만든다는
지구와 달의 약속만 믿으며
바다를 훔치는 천하의 사기꾼이다

바닷물은 마른 적이 없었다며
철썩철썩 밀물 믿고 휩쓸려온 고기떼
때 놓친 자승자박으로 파닥거린다

돌그물에 걸려든 갯것들
썰물은 갯벌에 발자국 흐리며
잠잠히 멀어져 간다

바닷물로 사기 친 독살님은
시퍼런 바다가 두려운지
뻘밭에서 눈먼 고기만 잡는다

\>

밀물 썰물 머물던 수제선이
드나들 시기를 출렁출렁 저울질하자
장포리 독살님이 넌지시 이르고 있다

나는 어느 때를 기다려야 하는가

* 돌로 담을 쌓은 뒤 밀물과 썰물 차를 이용해 물고기를 잡는 어로 형태.

파리의 자궁

대롱대롱 벽에 걸린 북어를 읽는다
아직 다 쏟지 못한 말이 있는지
떡 하니 입 벌리고 있다

할복당한 몸뚱이에
친친 감긴 명주실타래
채 풀지 못한 고해의 사연이다

배회하던 파리 한 마리
입 속으로 들어가
재빨리 알을 까놓고 달아난다

말을 버리니
파리의 자궁이 된 것이다

모기 견인차

예민한 주둥이 안테나를 곧추세우고
늘 후미진 곳에 숨어 기다리다가
누군가의 비명소리가 타전되는 순간
피 냄새를 따라 현장으로 질주한다

한 방울 피라도 먼저 빨아야 하기에
잠드는 순간인데도 윙윙거린다
극성스러운 소음을 내지르며
경찰이나 소방차보다 더 빨리 발진한다

교통사고로 부서진 차량은
떠가는 게 임자라는 견인의 법칙
선착순 준비된 먹잇감을 찾아
늦은 밤 교각 아래 웅크린 모기떼들

나무의 집

지그시 벤자민을 올려다봅니다

한 가지에 빼곡한 이파리

모양도 방향도 제각각입니다

갈대 연서

갈댓잎에 빗방울이 맺혔다
온기 남은 잎사귀를 밟으며
우편함에서 너를 꺼냈다

잠시 다녀가는 세월에도
정정한 고개 숙이는데
어찌 너를 다 읽을 수 있을까

하얗게 저무는 너의 배후가
가을 빗소리처럼 서럽다

가득한 틈

돌하르방이 틈을 내어주자
구멍 난 틈의 허점과 간격을 따라
비틀비틀 술 취한 듯
담쟁이넝쿨 기어오른다

봉명동 520번지 충만치킨 골목
바람 틈에서 빈 소주병이 울며
서로의 빈 틈을 삿대질하고 있다
살다 보면 틈 없는 사람 있을까

틈이란
작은 새 둥지도 되듯
이 비좁은 사이가
나를 살게 한다고 고함을 치는데

어딘가 허술해 보이지만
그저 허망한 틈인 줄 아니?
돌담장의 틈이 바람에 견고하듯
사람의 빈 틈에서 우정도 생기지

>

밤새도록 서로의 틈을 따지며
고래고래 소리 지르는 저 주정뱅이들아
빈 틈 없는 사람보다
더 따뜻한 사람이 누군지 아니?

낡은 목선

당신은 거실 한편 낡은 목선입니까
힘겹게 올린 바람의 돛에 따라
이리저리 떠밀리며 표류하는 육신

팽팽한 그물을 내리고
싱싱한 은빛으로 튀어 오르는
새로운 어족을 찾아 뱃머리를 돌립니다

북극성 별자리를 좌표삼아
갈매기 울음소리 받아 적고 있습니다

매미 기도원

수피가 벗겨진 배롱나무 등걸
등 찢긴 매미의 허물을 본다
한여름 밤낮으로 구애하다
나무 아래로 툭 떨어져 나뒹군다

얼마나 많은 허물을 벗기 위해
칠일 주야를 울어 댔던가
그리움에 바짝바짝 타들어 가듯
등이 터지도록 기도하던 빈집

사랑의 고통이 지나간 자리
백일 동안 피고 처연히 지는 꽃
자신의 남은 허물 벗어던지듯
목 백일홍 그늘에서 매미가 운다

부채의 내력

당신의 내력이 궁금해지는 날
태생이 나뭇잎, 깃털에 불과했다지
한여름 정자나무 그늘에선
노인들과 흔들고 놀았지

고운 살 붙이고
오뉴월 접었다 폈다 손끝에 춤바람
왼쪽 오른쪽 살랑살랑 번갈아 가며
바람피우느라 자주 놀려댔지

그 흔한 바람에 쉽게 흔들렸지

실패의 힘

잘 나가다 실패한 형님을 만났다
자네 풍선을 불다 터뜨려본 경험 있는가

삶도 불다가 터진 풍선 같지
어느 정도 불면 잘 가지고 놀아야 해

족두리 꽃

때 이른 족두리꽃을 본다
온몸에 가시를 세우고
진한 향기 허락하지 않는다
시집가기 전 한 여인의 고운 자태
햇살 아래 연지곤지 찍었다

하늘하늘 족두리 잎새 펼쳤다
고운 사랑이란 가시와 같은 것
함부로 접근을 허락지 않는 꽃
온몸에 가시 면류관 쓰고
푸르게 살랑이는 7월이다

2부

직지사 금강송

구멍이 숭숭 뚫린 날에는
황악산 직지사에 가보라

비바람 몰아치고
무거운 구름 산을 휘감아도
산그늘 바위 틈에 뿌리 박은
저 단단한 소나무

거친 굳은살로 버티며
마디마디 옹이 남기듯
속세를 등지고도
제 하늘을 진 금강의 얼굴이여

한 마디

잘록하거나 도드라진 마디
텅 빈 속이 그리워 대나무 숲에 섰다

대나무 마디를 생각했다
가지가 돋고 뿌리가 돋는
끝없는 생장점의 길 위에서 마디란
결절된 한 토막 한 소절이 아니다

비오기 전 날 육신의 마디를 떠올린다
관절 마디마디 삭신이 쑤신다
대부분 마디에서 일어나는 통증
때론 말 한 마디가 더 무섭다

마디가 간절한 기억을 남기고 서 있다
면접 보던 날 첫 마디의 기억
사랑했던 당신의 그 한 마디
죽기 전 최후의 한 마디까지

할머니 한 마디 하신다
잘 타지 않는 단단한 나무를 보시며

그놈 참 마디게 생겼다

시골서 살면 도시보다 돈이 마뎌서 좋다 하신다

갈대의 계절

시퍼런 색을 지우듯
곧게 세운 등줄기 붉게 태우며
하얗게 흔들리는 갈대

축축한 습지에 뿌리를 박고
서걱서걱 고개 숙여 저리 울면서
스스로 속을 비워가는 것이지요

누구나 한껏 자세를 낮추는 계절입니다

갈치

너는 밤바다를 휘젓는
은빛 칼 한 자루다

저 찬란한 생의 날
바다에 한번 누워보지도 못하고
아름다운 칼춤으로 생과 이별하는가

누군가의 코에 꿰이자
반듯한 한 자루 검으로 눕는다

고드름

두 발로 걷지 못해
뾰족한 부동의 자세로
아슬히 서 있는 당신

등 뒤에서 서럽다

극락

장맛비 추적추적 내리던 날
울타리에 동부콩을 심었다
어머니가 내 나이였을 때쯤
내 젖은 마음 달래주시려
자주 해주시던 밀가루 빵

어느새 내가 그 나이가 되어
동부콩 밀가루 빵을 먹는 날
내가 벗어놓은 신발 속에
긴급히 대피한 청개구리 한 마리
요란하게 염불하고 있다

매화로 피는 달

띠살창 매화는 창호에 피었다가
사그락사그락 먹꽃으로 진다
보름달이 하늘에 제 몸 갈아 던진 꽃이었나
달은 닳아 없어지고 매화로 피는 밤

먹돌로, 나무로 태어나 벼루와 먹으로
서로 다른 너와 내가
몸을 내어주고 진득이 하나가 되었지

수직으로 가슴을 후벼 파는 너의 몸짓으로
아물리지 못한 상처로 남았던 기억과
진한 꽃 피우기 위해 닳아 사라지는 것
그것이 차마 너라는 걸 그땐 몰랐지

오목한 연지에 먹물이 고이듯이
너와 나 포물선으로 만나 농담을 맞춰가는 길
은은한 먹빛 향기만 남은
그 꽃이 너라는 걸 이제야 알았지

사구의 흔적

애비야 나 좀 일으켜다오
양손 지그시 들여다보니
주름진 마디마디 실핏줄은
강물의 시간을 품고 있었네

소싯적 고사리손 기억도 없이
손끝 걸린 흔적만 더듬으며
작은 손짓 간신히 노를 젓고
강물에 떠밀려 표류도 했네

당신 움켜쥔 세월의 금이
살포시 내손에 박힌 날
살그레 주름진 손이 말합니다
사구도 물과 바람에 주름진다고

소리의 풍경

팔공산 동화사에 왔네
한 여인이 대웅전 뒤란 돌담에
간절히 손바닥을 대자
물에서 산으로 거슬러 올라와
나무가 된 물고기가 우네

통 크게 배 갈라 속 다 비운 목어
움켜쥔 손바닥에 자비를 구하네
비운다는 것이 어찌 쉬운 일인가
비바람 몰아치고 한 겨울 눈발에도
퇴락한 절간 모퉁이에 매달려
두 눈 부릅뜨고 있네

비로소 목어는 말하네
자신의 속을 다 비우는 날
청아한 소리도 들리고
맑은 풍경이 될 수 있다고

짝짓기 비행

편지함에 당도한 당신의 가을
꼭 지켜야 한다는 믿음마저
너울너울 흔들리기도 하지
이리저리 옮겨가며 앉을까 말까
망설이는 잠자리 한 마리

겹눈, 홑눈 수천 개 눈을 가진 잠자리
두 눈밖에 없는 나에게
신성한 행동을 벌이다가 딱 걸렸다
자세히 보러 다가갔더니
격렬한 짝짓기 비행에 빠져있다

변덕스러운 이착륙의 날갯짓
마루턱에 걸터앉아 빨랫줄을 본다
기도하던 집게가 바람에 흔들리고
잠자리는 어느새 붉은 십자가로 물든다
목이 타는 그리움의 포물선
가슴에 붉은 성호를 긋는다

침묵하는 보시

야트막한 뒷산에서
사나운 장맛비와 태풍에도
옹골지게 잘도 견뎌냈지

토실한 알맹이가 붉게 쩍쩍 벌어지고
솔바람에 툭툭 터지며 후드득
가을은 황혼이다

작은 흔들림에 열매들을 떠나보내고
더 이상 떨어질 수 없는 바닥에서
온몸으로 붙잡다 바닥에 뒹구는 껍질

청설모와 다람쥐가 신이 난
바람 부는 날
상수리나무는 그윽한 눈길로 굽어보고 있다

나비바람*

세상사 귀찮다며 잠자는 손을 만지다
입 벌린 틈새 들쑥날쑥 이 빠진 어머니 키를 닮았다

밤새 지리 공부하다
지도 그려 키 쓰고 소금 받아 오던 날
이불을 뒤집어쓰고 엉엉 울었지
울다 지쳐 잠든 내 손 만지작거리던 당신

알곡인 줄만 알았는데
나비바람에 날리는 쭉정이처럼
키질에 밀려 가벼워진 육신

당신이 내 앞을 열어주고
검부러기 걸러주신 것처럼
나도 키가 되어
당신의 어지러운 정신까지
까부르고 털어내어 골라낼 수만 있다면

* 나비바람: 키를 나비 날개 치듯 부쳐서 바람을 내는 것.

44

내 친구 이발사

빨강 파랑 흰색 물감
빙글빙글 돌아가는 삼색등 아래
이발사라 부르지 말고
예술사라 부르라던 내 친구

의자에 앉은 모델 형체를 잠시 살피다
바리바리 깡으로 불사르는 예술혼
직감적인 선의 흐름을 따라가며
짱구인 사람도 평평한 구도를 잡아 깎는다

때론 세파에 탈색된 머리카락에
아름다운 색조로 덧칠도 하고
침침하고 더부룩한 면을 찾아
밝고 어둡게 명암을 살려 붓질을 한다

투블럭 기법이나 가르마 기법으로
별 초승달 등 다양한 문양을 새긴다
인접 작가 미용사의 하찮은 미소에 밀려
늘 가난한 조형예술사 내 친구

따뜻한 공양

뜨겁게 달궜던 밥솥을 읽는다
불도의 잔상은 상처로 찌그러질 듯

치이익 치이익 치이 이익
따그락 따그락 따그락 딱

중심 잡고 빙빙 돌던 추
외부와 단절된 고독한 울음을 멈추자
고물상 한구석으로 입적했다

압력 받으며 큰소리 한번 쳐보지 못하고
내부에 쌓인 울분 흘려보지도 못하고
공정한 불심으로 돌리던 추
모락모락 온몸으로 공양하느라 분주했다

음덕을 알 길 없는 고물상
출신성분도 필요없고 업보도 상관없다
누군가 쓸모대로 경계를 나누면
육중한 프레스에 납작 눌려
오직 무게로만 인정받는 평등한 몸값

>

때론 죽음 앞에 윤회론을 믿어야 한다

밥솥의 현생은 FE

원자번호 26번 금속원소

새롭게 번쩍이는 재생을 꿈꾼다

목어의 울음

장곡사 나무 물고기
몇 백년을 버텼는지
머리에서 꼬리까지 하얗게 세었다

혼탁한 세상을 떠나온 구도승
긁어낸 뱃속을 샅샅이 뒤져
나무의 소리를 전하고 있다
바람 찬 이 새벽
누굴 위한 서원인가

목어 울음은
탈법의 시대를 깨우러
속세로 헤엄쳐 가고 싶다

세탁소 아저씨

옷 수선도 잘하는 친절한 세탁소 김씨
얼룩진 옷을 하나 둘 헹구고 지우다
숨겨진 근심의 흔적은 지우지 못했다

얼마 전 생겨난 24시간 코인빨래방
무인 자판기가 공짜로 커피도 주고
동네 여인들이 숨겨 놓은
감정의 씨실과 날실이 교차하는 빨래터

처자식 학비와 생활비에 손목이 저리도록
구겨진 행적을 다림질하는 날
주름진 이맛살이 서러운지
스팀다리미가 하얗게 운다

배배 꼬인 옷걸이 너머 아슴아슴 이름표
꼬여 있는 옷걸이에 비닐을 씌우고
주름진 시간을 곱게 펴려는 듯
허리가 휘도록 주름을 잡고 있다

수건의 배후

접어둔 사연이 차곡차곡 쌓입니다
세면대 옆에 걸린 수건
누군가의 젖은 몸을 기다리고 있어요
세탁실로 직행하는 짧은 기다림이지만
저마다의 이력은 빼곡합니다

퇴직 후 개업한 친구의 빵집
회사의 창립기념일
돌잔치 칠순잔치
수건의 배후에 날짜와 기념일이
달력처럼 기록되어 있습니다

한 장의 수건에서
어떤 날은 친구의 빵집에 발을 닦고
어떤 날은 돌잔치와 칠순잔치
번갈아가며 펄럭이는 저 기억들

가끔은 당신이 준 질긴 흔적에
오래된 얼굴이 흔들립니다

3부

시각의 방향

처음 본 약시의 그녀가 내 팔짱을 끼고
길 위에서 길을 물었어
나의 말이 여자의 좁은 귀에 박혀 입으로 터지는 순간
나이를 물었어. 그냥 알아맞혀 보라고 했지
느낌으로 나이를 정확히 감별하는 사람
목소리에도 나이가 있어

그녀는 지금 바쁘지
허물어진 눈을 간신히 지탱하려는 듯
얼굴 끝 벼랑에 귓바퀴 위성을 세웠어
앙칼진 여자, 우렁찬 남자 목소리
힘 빠진 소리, 탄력 있고 낭랑한 목소리까지
누군가 연대의 낮을 촘촘히 확증했어

조각조각 접어 두었던 형상의 그림자
살그레 달빛에 타전되자
소리로 읽을 수 있는 그녀가 웃었어
못 볼 것도 많은 세상
비틀거리는 우리와 닮았어
그와 나 시각의 방향이 다를 뿐

투명한 집착

— 와이퍼

이른 새벽 출근길 차창에
옹기종기 붙어있는 빗방울
한 몸이 되었다가 흩어지고
간신히 움켜잡은
투명한 집착을 본다

내 안에 무늬진 숱한 감정을 더듬다
더는 놔둘 수 없어
한쪽에 접어둔 와이퍼를 켜자
좌우로 날개를 펼치며
맑은 손 흔든다

나침반

자전의 소용돌이
굴복하지 않는 중심을 본다
좌우를 가늠하다 멈추는 나침반
저 멀리 허드슨만 푸시아반도 자성에 멈춘다
자침이 예리하게 날 세워 지시하지만
극과 극 사이 둥근 가리킴을 읽는다

자침의 떨림은 이유가 있다
갈 길을 함부로 전하지 못하는 듯
멈칫멈칫 주저하는 신중한 시그널
극과 극을 넘나들며 밀치고 당기느라
동서남북 수면 위로 날뛰며
자침의 멈춤보다 더 빨리 타전된 예리한 말

이제 저 자침의 떨림처럼
조금은 생각하며 느리게
골똘히 기울여보는 둥근 말
방향 없이 던져진 채
흔들리다 멈춰 지시하는
저 광대한 고요의 표정을 읽는다

낡은 선풍기

오랜 바람에 감기라도 단단히 들었는지
머리를 만져보니 뜨겁다
손바닥으로 머리를 내려쳐도 보고 흔들어 보아도
미동 없는 날개는 가망이 없어 보인다

처음에 바람으로 왔다가
마지막에서야 바람을 버린
너의 생을 더듬어본다

누군가의 손으로 조절된
바람의 세기와 각도
한 번도 비상하지 못한 채
철창에 갇힌 둥근 날개의 기억뿐이다

죽어서도 접지 못한 날개는 얼마나 슬프냐

석공의 자리

거짓말 안 하는 게 돌이라는 석공
작은 정 망치 하나 들고
한번 실수 돌이킬 수 없다는 걸 안다

저 변함없는 망치의 중심처럼

오월 미루나무

오월 미루나무는
뽀얀 신작로 그늘진 저녁
어렸을 적 집 떠난 누님을 닮았다

백곡천 가는 길
양 옆으로 빼곡히 늘어선 미루나무
앞으로 보나 뒤로 보나 늘씬하다

우뚝 솟은 커다란 키
바람에 골반을 좌우로 흔들 때
원피스 옷깃 같은 몸짓은
허공을 휘젓는 잔물결이 되었지

열여덟 꽃다운 누님같이
한참 물오른 오월 미루나무는
뭇 사내들의 시선을 끌어당긴다

오늘도 가로수길 운전하는 사내들
미루나무 뒤태를 훔치며
느릿느릿 달리고 있는 걸 보면

찔레꽃

엄니 휠체어를 밀고
동네 한 바퀴 돌다
구부정한 돌무더기에
가시 달린 하얀 꽃을 보았다

백발인 울 엄마
시들어가는 게
차마 보기 서러워
예쁜 꽃병에 꽂아 주었다

마디마디에 돋아난 가시로
분홍 같은 세월마저
하얗게 풀어놓고 가는
저 서러운 찔레꽃

처음 가는 길

한 시간이 멀다하고 밥 달라 성화인 당신
방금 전 식사한 것은 잊으면서
오래 전 빌려준 빚은 기억하신다
물건값 비싸게 받은 죄로 오래 산다던 당신

어머니의 보따리 수없이 싸고 풀던 날
밤새 잠 못 이룬 그렁한 눈곱으로
― 말 잘 들을 게 안 가면 안 되냐
내 목구멍에 콱 박힌 돌덩이였다

이성과 망상을 넘나드는 당신도
늙어가는 길과 요양원 가는 길
한 방향이라는 걸 아는 걸까

그 길은 누구나 처음 가는 길
기댈 곳 없는 아슬한 절벽
담쟁이 넝쿨도 더듬더듬 오르고 있다

카토이*

프랑스 남부 트루아 프레르 동굴벽화에는
벌거벗고 가죽만 두른 주술사가 모셔져 있지
몸통은 사람인데 꼬리는 말 늑대
엉덩이 뒤로 삐죽 나온 성기

파타야 2번 도로 침침한 알카자 동굴에서
1만 년 전 조상들이 다시 환생했어
얼굴은 여자 아랫도리는 남자가
꿈틀거리는 무희의 몸짓으로

시속 1천6백69km로 자전하는 지구 모퉁이
제국의 속살은 질서의 경계를 허물고
촘촘하게 점묘된 기억의 강을 거슬러
가죽만 두른 조상들이 보여

이곳은 제3의 성
성의 중립지대에서 동굴벽화를 색칠해
관성의 캔버스에 페인트를 바르며
성역 없는 원시 예술가로

>
　허영의 무게가 지겨운 관객들은 박수를 쳐
　동굴벽화 너머로 장막이 내려지듯
　편견의 눈에 붓질하듯
　쓸쓸한 원시인이 손 흔들며 떠나고 있어

* 카토이 : 태국에서 성전환자 여성이나 게이를 가리키는 말.

콩죽 한 그릇

병실을 거부하신 이모
곡기를 끊고 투병 중이셨다

어머니는 콩죽 한 그릇 끓이라 하셨다

논두렁에 콩잎들 비죽비죽 덮어갈 무렵
이모의 부음을 전해 들었다

죽기 전 콩죽 한 그릇 고맙다고 하셨단다

무엇을 먹는다는 것의 감격은
비싼 정찬만은 아닌가 보다

그냥 콩죽 한 그릇 먹을 때처럼

투명한 블랙홀

저마다 어울리는 안전지대로
귀가를 서두르고 있어
햇살에 기울던 나무와 잡초도
축 늘어진 퇴근길

자신만의 영역이 더 그리운 시간
고속도로 모퉁이 졸음 휴게소
지친 영혼들이 뿌연 담배연기를 토하고
방음벽이 노을에 빛나고 있어

문득 먼 데서 새 몇 마리 날아왔어
툭 후두득 툭 후두득 툭
탁발을 끝낸 늦은 귀가길
느닷없이 맞닥뜨린 새들의 비명

부러진 날개, 멈춰버린 비상
분명 음주운전은 아니야 싱싱해 보여
투명한 방음벽은 모범운전자에게도 블랙홀이야

투명한 죽음에

붉은 사인펜으로 조문했어
박박 낙서를 했어

졸음에서 깨어난 나
벌과금이 부과될지도 몰라
아찔하게 고속도로를 질주했어
따뜻한 안전지대로

행복한 아미쉬*

뉴욕에서 해리스버그로 가는 78번 고속도로
미국 펜실베이니아주와 캐나다의 온타리오주에는
문명을 거부하고 사는 종교단체가 있다

기다란 턱수염에 검은 옷과 나무 마차를 타며
문명을 거부하고 단순한 것을 고집하며
느리고 불편한 삶을 행복이라 여기는 아미쉬

뉴욕의 상징 타임스퀘어
하늘로 치솟은 빌딩 숲의 흥분된 발기 아래
가난한 노동을 쥐어짠 광고물이 즐비하다

돌아와 거울에 비친 내 모습을 본다
방금 전 시동을 끈 자동차 열쇠가 들려 있다
빠르게 돌아가는 도시의 회전 바퀴에
깔리지 않으려 안간힘 쓰는 모습으로

순간, 나는 열었던 거울을 닫아 버렸다

* 미국 펜실베이니아주와 캐나다 온타리오주에 거주하며 문명을 거부하고 사는 종교단체.

난전의 탑

육거리시장 버스정류장 모퉁이
장사가 잘 되라고 발원하듯
과일탑을 수북이 쌓아 모셨다

경기 탓 자리 탓 숱한 탓의 모서리
탑들이 옹기종기 쌓이면
행인들의 탑돌이가 시작된다

이른 귀가를 위한 듯
주인은 떨이를 결심하며
얼마 남지 않은 과일탑을 헐었다

난전판이 쉬운 곳인가
부처님은 넉넉하게도
그녀만의 자비를 베푸셨다

옹기종기 모아지은 큰 탑
떨이 떨이를 외치며
그간의 과적을 허물고 싶다

따뜻한 표적

오래된 친구를 만나 술을 사주었더니
자신이 표적이 되었다며 푸념이다

명중 아니면 불발일 것 같은
시위를 떠난 해고의 촉
단단히 예감한 울음의 시그널은
파르르 흔들리다 멈출 것이다

속이 상해 술을 물처럼 퍼마시는 친구놈
눈물 빗물 강물 바닷물 술도 다 물인데
물에도 표적이 있다면 어떨까

수많은 설움들이 표적으로 날아가
눈물이 된 것들을 위해
기꺼이 슬픔의 중심을 내어주어도
한없이 받아주며 둥글게 퍼지는 파문

따뜻한 물의 표적이 되고 싶다

문현서원 전통호텔에서

문현서원 전통호텔에 가던 날
말에서 내리라는 하마비의 명령으로
고개를 낮추며 경계의 강을 거슬러 올랐다
바람마저 홍살문에 붙들려 꺼이꺼이 운다

기억에서 멀리 떠난 이색의 소리가
강물을 거슬러 홍살문에 단단히 박혀 있다
붉은 화살은 곧은 과녁의 길을 조준하듯
의기의 표징으로 허공에 비상을 꿈꾼다

짙푸른 잔디는 젖은 물소리를 건져 올리며
바람은 천년솔 언덕을 넘어가는 시간
늙은 망주석은 소곡주 한 사발 드셨는지
얼굴에 이끼꽃이 와글와글 피었다

객혈처럼 내려앉는 노을이 물들자
아득한 물소리를 만나러 온 이방인들이
한옥 구들장에 등허리를 지지며 떠 갈때
담장 없는 문간에 기대어 물소리를 듣는다

수선 부부

오늘도 명의로 소문난 부부는
미궁의 상처를 꼼꼼히 더듬으며
찢어진 관절을 꿰맨다

나이 든 옷가지마다 그 증세도 다양하다
상처가 크면 수술대에 올려 자동 봉합을 하고
작은 상처는 부인이 섬세한 손으로 수술을 한다
뼈마디가 앙상하게 드러난 김씨의 낡은 작업복은
대수술을 직감하며 순간 장기이식을 결정한다

유전자가 동일한 혈액형 무늬를 선택하여
김씨의 관절을 이어 붙힌 후
허공에 보풀을 털며 마취를 풀면
관절이 펄럭펄럭 웃으며 돌아간다

수선 부부의 일등 공신은 가위다
가위는 서로 일정한 거리에서
날카로운 두 개의 날을 세운다
자르고야 말겠다는 집요함으로
사각사각 두 날로 절단한다

\>

한 이불을 덮고 자면서도
각자 칼날을 세우고 살던 그들
날카로운 날을 가지고도
오로지 한 방향으로 나아가는
가위의 양날을 주시하다 보니
골목 무허가 옷 수선 부부는
영락 없는 무면허 외과의사다

용수철

고장 난 시계 뚜껑을 열었다
지나온 시간의 궤적을 마치는 순간
오랜 시간 눌리고 비틀어져 당기고 있던 것들이
기다렸다는 듯 후다닥 튕겨나갔다

배배 꼬여 곱슬머리처럼 뒤틀린 것이
누군가 누르고 잡아당기고 비틀어도
처음으로 돌아가려는
그의 옹고집은 막을 수가 없다

안간힘으로 버텨온 반발을 더듬었다
탄성으로 숨어 있는 그들의 음모
아무리 충격을 받아도 힘을 조율할 줄 안다

작은 건드림에 어디로 튕길지 몰라
찰나의 순간만을 저울질하고 있었는데
상대를 몰라도 너무 몰랐다
잘못 건드렸다

4부

유혹

발바닥 화장을 고친 후 골목을 배회하다
치킨집에 들러 취객과 눈을 맞추려
살랑살랑 꼬리치며 다가온다
일부는 못 본 척 시선을 돌리지만
때로는 보드라운 입성과 표정에 이끌린다

비 오는 날 문을 박박 긁어대도 무관심이면
연락처라도 남기고 가려는 듯
바닥에 젖은 상형문자를 찍어놓는다
골목길 우산도 없이 늘씬한 몸매를 자랑하며
봉선화꽃 물방울진 아슬한 담장을 넘어간다

얼마 전 새끼를 낳은 유부녀
겁도 없이 충만치킨 집을 기웃대던 그녀가
바람이라도 났는지
한밤 내내 불경한 저 소리
동네 사람들 하나같이 수군거린다

직선의 방정식

잠시 호흡을 멈추고
무거운 총신을 사대에 올려놓는다

원심을 따라 조준선을 정렬하고
조금은 계산적으로 겨눈 과녁의 블랙홀
기울기가 m이고 y절편이 n인 직선의 방정식
y = mx + n
정답은 일정한 속도로 계산되었다
교차할 수 없는 그리움의 선 같은

단단한 원심의 가늠자 너머에는
둥근 직선의 세상이 열려있다

천고

충청북도 끝자락 영동엔
전설 따라 하늘에서 내려왔다는
큰북, 천고가 오도카니 서 있다

둥둥둥 북소리는 잠든 것을 깨우며
짙푸른 포도밭과 들녘을 흔들고
금강은 북장단에 맞추어 흐른다

40마리 황소가죽으로
은폐한 내면의 울음소리
황소의 살갗이 부딪는 소리다

갈 길조차 막아섰던 코뚜레
좌우 곁눈질도 경계했던 방울소리
늘 어깨 위에 진 멍에까지
천고각 말뚝에 친친 묶어놓았다

워낭소리 뎅그렁 뎅그렁 울리며
늙은 황소 40마리가
그렁그렁 북 속에 갇히어 운다

11월

혼자서는 감당할 수 없는지
나란히 둘이 서 있는 11월
더하거나 빼도 十一월은
누우면 등호(=)가 되는 계절이다

적막한 입김들이 앙달하는
11월의 플랫폼
하나둘 내려놓는 의지의 푯대로
돌아올 수 없는 11시에 떠나네

각자의 셈법으로 견뎌온 시간들
누구라도 탈탈 비워버리는 겸허는
더하거나 뺄 필요도 없이
공정한 등호의 바닥으로 가네

물 그림자

물오리가 모가지를 길게 빼들고
사주경계 중인 고요의 수면을 보다가
몰래 물의 속살을 더듬었다
빛 반대편 그늘에서 태어난 물그림자는

끝없는 복제와 욕망의 기호를 표기하며
슬며시 물결 위에 단추를 풀어놓고 있다
물의 정령으로 태어난 복사된 영혼들
쨍쨍한 낮에 허공도 끌어안고 있지만

수변에 잠 잃은 별들이 내려와 수런대면
둥근달 한 덩이도 홀로 끌어안고 있다
홀연한 빛의 반대편에 서 있어도
물컹한 음각으로 보듬어주는 물그림자는

별을 꿈꾸던 영혼들이 둥근 좌표를 삼는
복제된 영혼들의 안식처다
출렁이는 안식의 기도 소리가
더 낮은 사람들을 위로하듯

\>

더 낮은 곳으로 흘러가는 물속에서
거꾸로 생각한 그림자를 만든다

미꾸라지의 배후

그들의 유전자는 기어 다니고 틈새만 기웃거린다
진흙탕에서 몸뚱이 막 굴리다 벌레나 잡아먹는
3급수에서 주변 물을 흐려 자신을 위장하고
요리조리 잘 피하는 것이 그들의 처세술이다

회사에 미꾸라지 같은 내부 고발자가 있어
그들 목소리를 잠재우려 우리는 회식을 했다
꽤 유명한 추어탕집에서 주문한 추어두부 뚝배기
두부 속에 미꾸라지가 촘촘하게 박혀 있다

조리법이 궁금해 주인에게 물었더니 피식 웃으면서
미꾸라지 본능대로 조리하는 거지 뭐
한 오십마리쯤 넣고 두부 대여섯 모 넣은 후
육수를 붓고 가마솥에 끓인다는 자연식 조리법
뜨거우면 차가운 두부 속으로 대가리를 처박으며 기어 들어가는

아득한 생의 리듬이 음표로 새겨지는 순간에도
아주머니는 솥뚜껑을 단단히 누르고 있다
미꾸라지 같은 것들에게 한 마디만 전한다

>

물컹한 두부에 쉽게 대가리 밀어 넣은 모사꾼들아

너, 추어두부 뚝배기 먹을래?

벽난로 앞에서

집사람 성화에 못이겨
시커먼 무쇠 벽난로에 얼굴을 박았다

벽난로 속 고요의 무게만큼
소리와 내통하고 살았다

연통의 그물에 걸린 바람의 소리
습관처럼 장작이 되어버렸다

손에 핀 꽃

단풍잎처럼 고왔던 딸의 손을
만지작거리던 외할머니께서는
오래전 이승에서 멀리 가셨는데

꿈에서 자주 보이신다며
자꾸만 붙들어 달라고 하신다
가뭄의 무늬처럼 쩍쩍 주름진 손

비탈진 묵정밭 이랑을 만드시며
손톱 밑에 낀 흙이 전 생애인데
누가 몰래 씨앗을 묻었을까

당신 관절 마디마디 무너지는 자리
저리 까맣게 흔적을 남겼다
어떤 식물도감에도 없는

스카이 댄서

신장개업한 신바람에 묶여
머리 허파 쓸개 오장육부에
바람기만 가득한 저 여자

아랫도리에 바람을 올려주면
언제라도 두 팔 번쩍 들고 일어서서
유연하게 관절을 꺾는 거리의 춤꾼이다

뼈가 되는 바람에 물음표를 던지며
허풍허풍 그녀의 속살을 더듬는다
그녀의 몸속에 돌던 마지막 바람이
쿨럭쿨럭 공명을 일으키고 있다

그녀는 지금 둥근 고무관 속에서
차곡차곡 관절을 접고 누워있지만
송풍기의 날숨에 따라
빵빵 곧추서고 싶은 것이다

향

메마른 입술을 달싹거리며
반 야 바 라 밀 다
향을 올린다

바람에 의탁한 저 향의 길
가늘게 공중을 떠돌다
이내 보이지 않는다

어지러운 흔들림은
속세를 닮았으므로
아슬아슬 오르는 것이다

성불 향한
저 꽃 한 송이
제 길로 흩어지고 있다

황홀한 죽음

장거리 출장을 다녀오는 길
고속으로 달리는 차량에 자살극을 벌인다
떼 지어 달려들어 짧은 하루의 생을 접는
하루살이의 비릿한 죽음을 본다

어둠 속 빛을 그리다
입 없이 태어나 한 끼도 먹지 못하고
이승과 작별하는 저 수많은 죽음들
차창에 다닥다닥 박힌 속도의 무늬다

천일을 버티다 하루 살고 죽는다면
억울할 법도 한데 자동차에 들이받혀
자살하는 화끈한 죽음엔 이유가 있다
불빛에 춤을 추며 이승과 작별하는

포근한 물안개 이불을 강물이 접어놓으면
질척한 강물의 자궁에서 빛을 따른 하루의 생
석양 길 고속도로 마지막 신혼 비행을 마치고
환한 빛처럼 하루를 살고 가는 것들이다

\>

황홀한 불빛에 희락을 찾아가다
어리석은 죽음을 당했다고 말하지 마라
하루 만에 관혼상제 다 치르고
할 일 다 해 홀가분히 춤추고 떠나가지만

결코 하루살이가 아니다
하루 살았다고 깔보지 마라

모래시계 수도승

누구도 비껴가지 못한 시계는
자신이 번쩍 뒤집히길 바라며
모래를 탁발하는 수도승이다

투명한 유리구 바늘귀 틈으로
쉼 없이 떨어지는 모래 폭포 아래
허리 잘록한 몸에 반질한 이마
축 늘어진 살갗에 볼품없는 중년 남자가
소리 없이 하얗게 불어버린 때를
묵묵히 닦고 있다

빼곡한 모래의 부피가 시간을 저울질한다
질곡의 틈에서 빠져나온
까지고 긁히고 찔린 축축한 알몸을 보듬고 있다

또 다른 모래시계 하나가
시간의 화두를 번쩍 뒤집었다
다시 시작된 잰걸음의 저녁

수탉의 송가

깃털 곤추세우며
허공의 발길질로 싸운 공덕은
한 뼘 횃대를 마련했다

영역을 지키려는 수탉 한 마리가
게으른 죄를 짓지 않기 위해
아직은 멀리 있는 빛을 깨운다

간신히 웅크린 앙상한 횃대
낡은 아파트 창문마다
병아리 같은 등불이 켜지고 있다

횃대에 오르지 못한 아버지는
수탉처럼 울지도 못하시고
안전화 끈 묶는 소리만 내셨다

아버지의 눈에서
새벽 별빛 사태가 일어났다

씨앗 봉투

메주콩 잎사귀 누렇게 변해가며
달그락달그락 수상한 계절
돌아가시고 싶다던 어머니
약속을 지키시듯 영 떠나셨다

며칠 기대어본 줄을 끊으려고
아내와 주민센터를 동행했다
직원에게 서류를 건넸더니
서식부터 작성하라고 권유한다

아직은 옆에 계신 것 같은데
가족관계 등록부도 이름 석 자도
턱을 괸 슬픔의 자서를 영면시키며
한참을 꾹꾹 눌러쓴 후 건넸다

순간 직원이 부의금 봉투를 주었다
사양하자 직원의 나지막한 한마디
처음 부임한 날 민원인 칭찬은
지금까지 큰 용기가 되었습니다

>

말단 공무원 영혼의 서랍 속에
씨앗 봉투로 담겨 있었던 것일까
따뜻한 부의금 받아들고
집으로 돌아오는 향일성의 길처럼

아름다운 거짓말

툭하면 불덩이처럼
대쪽 같은 자존심 치켜세우며
셋째 딸이 사준 꽃무늬 가방에 옷가지를 차곡차곡 담아놓고
늘 당신의 정류장은 현관이었지요
나 지금 집에 간다

치매를 거꾸로 매치고 싶은 날에도
간신히 보행기 붙들고 걷지도 못하면서
하루에도 수십 번 시골집에 다녀왔다며
당신의 발등을 찰싹찰싹 간질이며 애원하셨지요
애비야 나 집에 간다

오늘은 당신의 마지막 날
아른아른 조등을 걸어놓고
아무 말씀도 없이 집으로 가셨습니다

당신의 텅 빈 속 허기를 채우려는 고봉밥 숨기시며
인색한 짐작이 낯설어 하던 막내 놈 서러울까
오늘은 배가 불러 긴 잠을 자련다는
아름다운 거짓말을 남기시고

중심의 방향

미닫이를 여닫을 때마다
삐걱삐걱 신음소리가 새어 나왔다
건들거리거나 흔들리는 것들을
오랜 시간 붙잡았던 나사못이 빠졌다

가분수 대가리에 십자가를 긋고
바짝 비틀어져 박혀 있다가
누군가의 고집스러운 흔들림에 항복한
나선의 결로 뱅뱅 돌아 나왔다

힘겹게 헐거워진 나사못에 걸려 나온
곁을 지켜온 아득한 그림자
꽁꽁 버티던 반발을 더듬었다
조금씩 조이기 위해 기도했던

누군가 풀리고 조여지는 날
물렁한 시간들을 고정시킨 나사못은
반발의 시간을 약속으로 견디었다
다하지 못한 울음이 곁에서 울었다

\>

삐그덕삐그덕 그렇게 오래도록
조여지고 풀어지느라
중심은 늘 방향으로 조정되었다
나는 어느 방향으로 돌 것인가

오래된 그림자

정지용의 〈향수〉란
한 편의 시는 새벽안개가 훔쳐버렸다
하늘에 성근별 휘돌던 실개천도
이제 남의 이름이 되어버린

수없는 낯선 이름과
오래된 인형에 잃어버린 고백과
그리운 가슴을 고발하며
건조한 낯빛 아래서
오래된 그림자를 박제시킨다

함석으로 달아낸 사랑방 처마마다
고드름이 다닥다닥 열리고
마루엔 빨래 대신
호박고지가 주황색 커튼처럼 매달려
오후의 햇살에 꾸덕꾸덕 말라가면

나는 하릴없이 답장을 전해줄
우체부 아저씨를 기다리며
앞산 응달의 녹지 않은 눈을

하염없이 바라보았던
그 사랑방은 지금도 건재한 건지

식구들 모여 앉는 어느 때
넌지시 건네 봐야지

굴삭기의 포크

먼지바람 부는 벼랑 아래서도
무엇이든 먹어치울 수 있다는 굴삭기는
식탐자의 불만이 틀림없다
철근콘크리트 건물조차 갉아버리며
잔 부스러기만 남겨버리려는 듯
360도 회전하는 길쭉한 모가지를 보라

손보다 입이 먼저라는 그만의 방식으로
손마저 퇴화시켜버린 채
진화된 이빨을 이리저리 휘젓는다
마음대로 되지 않으면
대가리를 쾅쾅 박으며
틀니 이빨을 갈아 끼우고 드르렁거린다

야금야금 포악스러운 이빨을 세워
긁고 할퀴고 뭉개어 버리며
철근콘크리트 만찬을 즐긴다
거대한 허기에 몸살난 짐승의 식성이다

할미꽃

살창 바람에 굽어서 흔들렸다
장맛비 내린 후에 꽃대를 세워
세상을 휘 둘러본 후
처연한 자줏빛 웃음 뒤에서
정정한 백발로 사그라지는 꽃

굽어서 태어나 곧게 서서 죽는다

맑고 투명한 서정과 긍정의 세계

공광규 시인

맑고 투명한 서정과 긍정의 세계

공광규 시인

1.

　최병근 시인은 충남 보령에서 태어나『애지』를 통해 등단했다. 그동안 시집『바람의 지휘자』를 출간했고, 현재 청주시인협회에 적을 두고 활동하고 있다. 그는 시집 앞 '시인의 말'에서 "따뜻한 항로라면 괜찮을 일이다/ 비판의 너울마저/ 쉬이 넘어야 하는 것이므로// 완전한 연소의 힘으로/ 하얗게 기화되어야 하므로"라고 하며, 자신의 시에 대한 지향점을 "따듯한 항로"에 두고 있다. 그리고 항로에서 만나는 비판을 겸허하게 받아들이겠다는 열린 자세를 견지하고 있다.

　이번 시집 원고를 읽어가면서 시인의 시세계가 맑고 투명하고 명징하고 간결하다는 인상을 깊게 받았다. 그런 의미에서 현재 난삽하고 난해하고 애매한 시들이 횡행하는 시단에서 최병근은 의미 있는 존재라고 할 수 있다. 비록 긴 시력이라고 할 수는 없지만, 그가 자신의 시 세계를 구축하기 위해 나름대로 정형화한 진술방식은 생물과 무생물, 사람과 사물을 병치시키는 비유

방식과 문명비판, 불교적 상상과 유희적 진술을 활용하고 있음을 알 수 있다.

2.

　시가 되는 화법, 시의 가장 기초적인 방법은 사물과 사건을 다른 사물과 사건으로 바꾸어 보여주는 것이다. 무생물이 생물, 생물이 무생물로, 아니면 서로 다른 종의 생물이거나 전혀 다른 사물로 바꾸어 놓으면 독자들이 의미전달 방식의 낯섦을 통해 서정적 충동을 일으키게 된다. 이것이 시 읽는 기쁨을 주고, 시적 마력에 빠지게 하는 것이다. 아마 독자들이 서정의 광휘에 휩싸이는 경험을 했다면, 이런 경험을 통해서였을 것이다.

　　　이른 새벽 출근길 차창에
　　　옹기종기 붙어 있는 빗방울
　　　한 몸이 되었다가 흩어지고
　　　간신히 움켜잡은
　　　투명한 집착을 본다

　　　내 안에 무늬 진 숱한 감정을 더듬는다
　　　더는 놔둘 수 없어
　　　한쪽에 접어둔 와이퍼를 켜자
　　　좌우로 날개를 펼치며
　　　맑은 손을 흔든다

— 「투명한 집착 -와이퍼」 전문

잘 나가다 실패한 형님을 만났다
자네 풍선을 불다 터뜨려본 경험이 있는가

삶도 불다가 터진 풍선 같지
어느 정도 불면 잘 가지고 놀아야 해
— 「실패의 힘」 전문

비 오는 날 출근 길 차창에 옹기종기 붙어 있는 빗방울에서 "투명한 집착"을 발견한 후 "맑은 손"을 재발견하는 그는, 시를 통해 인생의 비의를 발견하기도 한다. 시 「실패의 힘」에서는 잘 살다가 실패한 형님을 통해서 "삶도 불다가 터진 풍선 같"다는 주인공의 말을 통해, 인생도 "어느 정도 불면 잘 가지고 놀아야" 한다는, 과욕을 부려서는 안 된다는 메시지를 들려준다. 시 「나무의 집」에서는 한 가지에 빼곡한 이파리를 달고 있는 "모양도 방향과 제 각각"인 벤자민 나무를 보며 다양한 인간 삶의 양태를 사유하고 암시한다.

너는 밤바다를 휘젓는
은빛 칼 한 자루다

저 찬란한 생의 나날
바다에 한번 누워보지도 못하고

아름다운 칼춤으로 생과 이별하는가

누군가의 코에 꿰이자
반듯한 한 자루 검으로 눕는다
— 「갈치」 전문

이렇게 최병근의 시는 바다를 소재로 한 시의 심상이 빛을 발한다. 갈치는 검은 밤바다를 휘젓던 은빛 칼이고, 살아있는 동안은 한 번도 눕지 않고 늘 칼날을 세우고 있었다고 한다. 죽어서야 한 자루 검으로 누워 있는 것이다. 살아서는 몸을 세우고, 죽어서야 눕는 것이 갈치의 생물학적 특성이다. 그러나 시인이 갈치를 시로 쓴 것은 생물학적 특성을 말하려는 게 아니다. 어떤 빛나는, 날카로운, 쉬지 않고 정진하는, 매진하는 정신을 은유하고 있는 것이다.

시 「바다의 무덤」에서는 소금 채취하는 행위를 "염부는 바다의 뼛조각을 수습한다"고 하거나 소금을 "투명한 결정으로 말라핀 꽃"으로 묘사한다. 묘사의 절정이다. 뿐만 아니라 "장곡사 나무 물고기/ 몇 백년을 버텼는지/ 머리에서 꼬리까지 하얗게 세었다"(「목어의 울음」)거나 "대웅전 뒤란 돌담에/ 간절히 손바닥을 대자/ 물에서 산으로 거슬러 올라와/ 나무가 된 물고기가"(「소리의 풍경」) 운다는 비유적 묘사가 일품인 시들을 면면이 만날 수 있다.

최병근은 시에서 어머니와 아버지, 누님과 이모 등 가족과 친인척을 자주 호출한다. 가장 많이 시에 불려나온 어머니의 "표

류하는 육신"은 거실 한편에 있는 "낡은 목선"이며, "나비바람
에 날리는 쭉정이처럼/ 키질에 밀려 가벼워진 육신"이고, 양 손
에 주름진 마디마디 실핏줄에 "강물의 시간을 품고 있"는 모래
언덕이다. 아버지는 "횃대에 오르지 못한" 수탉에 비유하고, 누
님은 푸른 잎이 매달린 늘씬하고 싱싱한 오월의 미루나무로 비
유한다.

3.

  우리는 최병근의 시집에서 많은 수의 시들이 불교를 제재로
하고 있음을 발견할 수 있을 것이다. 이를테면 「따뜻한 공양」,
「목어의 물음」, 「촛불」, 「향」, 「난전의 탑」, 「직지사 금강송」, 「극
락」, 「소리의 풍경」, 「침묵하는 보시」 등의 시들이 그렇다. 시장
버스정류장 모퉁이 과일가게에서 '과일탑'을, 직지사 금강송에
서 '금강의 얼굴'을 발견하는 그는 낯설지 않은 비유이긴 하지
만, 자신의 몸을 태워 불을 밝히다 아무 자취도 남기지 않고 사
라지는 촛불의 현상을 자연스럽게 "성스러운 해탈"로 비유하고
있다.

    제 한 몸 기꺼이 태워가는
    저 찬연한 불꽃

    그늘진 세상에 한줄기 빛을 던지는
    무량한 춤사위다

제 몸을 낮추며 떨군
촛농 한 방울

자취 없이 사라진
저 성스러운 해탈
ㅡ「촛불」 전문

장맛비 추적추적 내리던 날
울타리에 동부콩을 심었다
어머니가 내 나이였을 때쯤
내 젖은 마음 달래주시려
자주 해주시던 밀가루 빵

어느새 내가 그 나이가 되어
동부콩 밀가루 빵을 먹는 날
내가 벗어놓은 신발 속에
긴급히 대피한 청개구리 한 마리
요란하게 염불하고 있다
ㅡ「극락」 전문

시 「촛불」은 의인화된 촛불이 자신의 몸을 태워 찬연한 불꽃을
이루고, 불꽃은 그늘진 세상에 빛을 던지는 "무량한 춤사위"와
같다. 촛불은 불이 사를수록 타게 되어 키가 낮아지며, 결국에는

존재 자체가 사라진다. 그것이 불교의 해탈과 다를 바 없다. 어두운 세상에 빛을 남기려고 타들어가서 아무것도 남기지 않는 성스러운 행실은, 번뇌를 태워 번뇌 자체를 남기지 않는 촛불의 성질과 다를 바 없는 것이다.

시「극락」은 장맛비가 오는 날이면 어머니가 자주 만들어 주시던 동부콩 밀가루 빵을, 화자가 나이 들어서 장맛비 오는 날 동부콩 밀가루 빵을 먹는 상황이다. 시인은 화자가 과거 어머니와 함께 했던 유년의 기억을 떠올리며 느끼는 심리의 지극한 마음 상태를 진술하고 있다. 어머니는 화자가 어렸을 때 비가 오면 어린 마음이지만 자신의 젖은 마음을 동부콩 빵을 통해 달래주셨다. 어머니에 대한 기억과 이미 어머니 나이가 된 화자 자신, 다시 동부콩 밀가루 빵을 먹으면서, 다시 젖은 마음을 달래는 기억을 형상하고 있다.

과거 유년의 마음과 현재 중년의 마음에서 우러나오는 어머니에 대한 사랑과 심리적 정황이 여여 하니 이것이 극락이 아니고 무엇일까. 그런데 화자가 벗어놓은 신발 속에 청개구리가 비를 피해 와서 요란하게 염불을 하고 있다니? 청개구리는 어머니의 환생일지, 아니면 어린 시절의 화자가 청개구리로 현신하여 성인이 된 화자 앞에 나타난 것인가? 아니면 아무런 비유나 상징이 없는 단순한 사건의 묘사인가? 아마 장맛비와 동부콩 빵과 청개구리는 과거와 현재를 잇는 매개일 것이다.

시「침묵하는 보시」에서는 상수리나무가 가을에 상수리 열매를 쏟아낸 후, 청설모와 다람쥐가 신이 나서 열매를 주워 모으고 있다. 청설모와 다람쥐의 모습을 상수리나무가 그윽한 눈길로 굽어보면서 좋아하는 풍경을 묘사하고 있다. 보시의 전형을 자연의 현상을 통해 보여주고 있다. 시「따뜻한 공양」은 한 때 뜨겁게 달아올랐던 밥솥이 고물상 한쪽 구석에 버려져 있는데, 그것을 '입적'이라고 표현하고 있다.

4.

현대 사회를 살아가면서 경험하는 일상을 단순하고 쉽게, 그러면서 의미 있게 구성하는 최병근의 시에서 우리는 문명비판의 목소리를 들을 수 있다. 이런 시들은 상대적으로 서사성이 강한데, 이런 서사의 행간 아니면 다소 직접적인 언술로 시 속에 의미를 숨기기도 하고 드러내기도 한다. 시「굴삭기의 포크」,「모기 견인차」,「황홀한 죽음」,「세탁소 아저씨」 등의 시들이 그렇다. 주로 이들 시의 주제는 기계에 밀려나는 인간의 이야기를 하려는 데 있다.

옷 수선도 잘하는 친절한 세탁소 김씨
얼룩진 옷 하나 둘 헹구고 지우다
숨겨진 근심의 흔적은 지우지 못했다

얼마 전 생겨난 24시 코인빨래방
무인 자판기가 공짜로 커피도 주고
동네 여인들이 숨겨 놓은
감정의 씨실과 날실이 교차하는 빨래터

처자식 학비와 생활비에 손목이 저리도록
구겨진 행적을 다림질하는 날
주름진 이맛살이 서러운지
스팀다리미가 하얗게 운다

배배 꼬인 옷걸이 너머 아슴아슴 이름표
꼬여 있는 옷걸이에 비닐을 씌우고
주름진 시간을 곱게 펴려는 듯
허리가 휘도록 주름을 잡고 있다
― 「세탁소 아저씨」 전문

위 시 「세탁소 아저씨」 주인공은 기계화에, 자동화로 밀려 세
탁소가 잘 되지 않으면서 "근심의 흔적을" 드리우고 있다. 이제
는 옷 수선을 잘하고 친절한 것만으로는 사업이 되지 않는다. 전
자정보기술이 발전하면서 산업의 모든 부문이 아날로그에서 디
지털로 바뀌어 가고 있기 때문이다. 디지털화로 자동화와 비대
면화가 상당이 이루어진 상황에서는 이전의 수공업적 아날로그
적 노동은 빛이 바래고 점점 주변부로 밀려나고 있다. 이 시의
소재가 된 세탁소사업조차도 그렇다. 24시간 코인빨래방이 생
겨나면서 주인공인 세탁소 아저씨의 생계는 걱정이 태산이다.

기계화에 자동화에 적응을 못해 기울어가는 세탁소. 사업의
성패와 무관하게 주인공은 처자식을 먹여 살려야 되고 학비를
내야 한다. 그래서 얼룩진 옷은 헹구고 손목이 저리도록 구겨진

옷을 다림질해야 한다. 이마에 주름진 나이가 되도록 오랫동안 해온 세탁업, 그러나 자동화에 밀려나야 하는 입장이어서 서러울 뿐이다. 결국 시인은 스팀다리미가 주인공을 대신해 하얗게 우는 것으로 감정을 객관화 한다.

현대 기계와 속도에 밀리고 받치고 죽음에 이르는 것은 사람뿐만 아니다. 하루살이 등 미물들도 몸이 부서진다. 시인은 이를 「황홀한 죽음」으로 형상한다. 고속도로에서 하루살이들은 하루도 다 채우지 못하고 고속으로 달리는 차량에 집단으로 달려들어 죽는다. 화자는 차창에 부딪혀 죽은 미물들의 흔적이 "다 닥다닥 박힌 속도의 무늬"로 남아있다고 한다. 시 「모기 견인차」에서는 교통사고를 당한 차량을 기다리며 모여 있는 견인차들을 "먹잇감을 찾아/ 늦은 밤 교각 아래 웅크린 모기떼들"로 비유하고 있다.

「굴삭기의 포크」는 단단하게 굳어있는 시멘트를 깨는 무지막지한 기계의 폭력을 형상하고 있다. 굴삭기는 "먼지바람 부는 벼랑에서도/ 무엇이든지 먹어치울 수 있"는 막강한 폭력의 비유이다. 굴삭기는 "진화된 이빨을 이리저리 휘젓는"데, 자기의 "마음대로 되지 않으면/ 대가리를 꽝꽝 박으며/ 틀니 이빨을 갈아 끼우고 드르렁 거린다// 야금야금 포악스러운 이빨을 세워/ 긁고 할퀴고 뭉개어 버리며/ 철근콘크리트 만찬을 즐긴다"고 진술한다. 문명의 포악성을 고발하고 있다.

5.

시에서 웃음은 우리가 잃어버린 주요한 진술방식 가운데 하나다. 최병근의 시는 재미있다. 현재 우리 시가 놓치고 있는 재미라는 부분을 그의 시편을 읽어가면서 틈틈이 발굴해 내는 재미가 여간 아니다. 문장이 곧 그 사람이라는 옛말을 떠 올리면, 아마 그의 성품 자체, 말 품새 자체가 재미있는 사람일지도 모른다는 생각을 하게 된다. 이를 테면「내 친구 이발사」,「스카이 댄서」,「짝짓기 비행」,「미꾸라지의 배후」,「수건의 배후」같은 시의 유형들이다.

빨강 파랑 흰색 물감
빙글빙글 돌아가는 삼색 등 아래
이발사라 부르지 말고
예술사라 부르라던 내 친구

의자에 앉은 모델 형체를 잠시 살피다
바리바리 깡으로 불사르는 예술혼
직감적인 선의 흐름을 따라가며
짱구인 사람도 평평한 구도를 잡아 깎는다

때론 세파에 탈색된 머리카락에
아름다운 색조로 덧칠도 하고
침침하고 더부룩한 면을 찾아

밝고 어둡게 명암을 살려 붓질을 한다

투블럭 기법이나 가르마 기법으로
별 초승달 등 다양한 문양을 새긴다
인접 작가 미용사의 하찮은 미소에 밀려
늘 가난한 조형예술사 내 친구
— 「내 친구 이발사」 전문

시 「내 친구 이발사」는 1연에서 이발사인 시의 주인공이 자신을 이발사가 아니라 예술사라고 불러달라는 것에서, 일의 성격상 거리가 먼 이발사와 예술사의 거리를 가깝게 충돌시키면서 웃음을 기대하게 한다. 의자에 앉은 손님은 모델이고 이발소의 주요 작업도구인 바리깡은 예술혼을 불사르는 붓 또는 도구로 비유된다. "짱구인 사람도 평평한 구도를 잡아 깎는다"는 이발 작업에 대한 묘사, 머리에 색조를 넣는 작업을 화가의 붓질로 비유하는 진술이 재미있다.

송풍기를 통해 바람으로 간판을 세우는 풍선광고, 에어광고 간판을 의인화한 「스카이 댄서」도 웃음을 준다. 시인은 신장개업한 가게 앞에 세워놓은 여성모양의 풍선광고 간판을 "머리 허파 쓸개 오장육부에/ 바람기만 가득한" 여자로 진술한다. '바람'이라는 동음이의어를 묘하게 미끄러뜨리면서 의미를 생성시킨다. 또 "아랫도리에 바람을 올려주면/ 언제라도 두 팔 번쩍 들고 일어서서/ 유연하게 관절을 꺾는 거리의 춤꾼이"라는 묘사를 통해 독자에게 미묘한 어감과 선정적 느낌을 준다. 화자의 말대로 바람으로 서 있는 광고판은 바람이 뼈다. 송풍기를 통해 바람이 들어가고 빠지면서 움직이는 모습이 허풍허풍 속살을 더듬는 것 같기도 하고 쿨럭쿨럭 공명을 일으키며 가라앉기도 한다.

「스카이 댄서」에서 보여주듯, 사람의 관심과 재미를 일으키는 소재 가운데 하나가 육체적, 성적 담화이다. 시「짝짓기 비행」같은 경우다. 곁눈과 홑눈을 수천 개 가진 잠자리가 두 눈을 가지고 있는 화자에게 신성한 행동, 즉 격렬한 짝짓기 하는 것을 들킨 것이다. 목백일홍 그늘에서 우는 매미는 "한여름 밤낮으로 구애하다/ 나무 아래로 툭 떨어져 나뒹"(「매미 기도원」)군다. 「수건의 배후」는 날짜가 찍혀있는 개업이나 회사 창립기념일, 칠순잔치들에서 나누어 주는 수건으로 젖은 몸을 닦으면서 저마다의 이력을 추억하고 기억하는 시다.

「미꾸라지의 배후」는 주변 물을 흐리게 해서 자신을 위장하고 요리조리 잘 피하는, 처세술이 미꾸라지 같은 사람을 미꾸라지의 생물학적 특성에 비유하고 있다. 화자는 이런 처세술을 가진 사람들을 직접적으로 비난하거나 복수하지 않는다. 시를 통해 유연한 방식으로 복수하는 방법을 선택한다. 솥에 두부와 미꾸라지를 집어넣고 끓이는 추어두부뚝배기 조리 과정을 보여주는 것이다.

6.

시집에 한정된 시들만 가지고 시인의 시세계와 방법을 유형화해서 살펴보았다. 최병근의 시집에 출현하는 대부분의 시들이 투명하고 맑은 심상을 유지하고 있어 독자의 마음을 청아하게 한다. 사물과 사건을 통해 인생의 비의를 제시하기도 하고, 시적 대상에서 심상을 건져 올려 아름답게 보여주거나 은유하기도 한다. 특히 바다를 제재로 한 시편들의 심상이 빛난다.

어머니를 반복하여 호출한 시들에서는 독자들이 늙어가는 인생의 면모를 들여다보고 공감하게 한다. 뿐만 아니라 최병근의 시에 불교 제재 시들이 제법 많다는 것을 확인하는 기회가 되었다. 사물과 사건을 불심으로 바라보는 시인은 목어처럼 풍경소리처럼 맑은 마음을 사물에 투영시키고 있다. 기술문명에 밀려나는 사람을 안타깝게 묘사하는 시들과 웃음을 발휘하는 시편 속에서는 재미와 웃음을 통해 세상을 긍정하고 낙천적으로 바라보는 시인의 심성을 확인할 수 있었다.

결론적으로 최병근은 사물에 대한 명징한 묘사를 통해 맑고 투명한 서정의 세계를 열어주는 우리 시단에서 보기 드문 시인이다. 이 시집은 좋은 토양이 아름다운 꽃을 피우듯 내면의 세계가 아름다울 것만 같은, 그런 시인이 피워 올린 한 편 한 편의 "청아하고 맑은 풍경" 소리와 같은 시의 꽃다발이다. 많은 사람들이 이 시집을 가슴에 안고 맑고 투명한 서정의 풍경소리를 들어보길 제안한다.

반경환 명시감상

모기 견인차

굴뚝꽃

반경환 철학예술가 · 『애지』 주간

모기 견인차

최병근

예민한 주둥이 안테나를 곧추세우고
늘 후미진 곳에 숨어 기다리다가
누군가의 비명소리가 타전되는 순간
피 냄새를 따라 현장으로 질주한다

한 방울 피라도 먼저 빨아야 하기에
잠드는 순간인데도 윙윙거린다
극성스러운 소음을 내지르며
경찰이나 소방차보다 더 빨리 발진한다

교통사고로 부서진 차량은
떠가는 게 임자라는 견인의 법칙
선착순 준비된 먹잇감을 찾아
늦은 밤 교각 아래 웅크린 모기떼들

  따지고 보면 모든 학교는 범죄인 양성소이며, 우리 학자들은
더 크고, 더 멋지게, 타인의 피를 빨아먹는 사기술을 가르치며
살아가는 자라고 할 수가 있다. 이 땅의 어중이 떠중이들은 최하
천민의 사기꾼이고, 어느 정도 여유가 있고 선량한 인간의 탈을
쓴 지식인들은 중간 계급의 사기꾼이며, 소수의 부자들, 즉, 소

수의 특권층의 사람들은 가장 파렴치하고 무자비한 대사기꾼들이라고 할 수가 있다. 최하천민의 사기는 최병근의 「모기 견인차」에서처럼, 약육강식의 피비린내를 풍기지 않으면 안 되고, 중간계급의 사기는 타인들을 관리 감독하며, 어느 정도 존경을 받으며 살아가지 않으면 안 되고, 소수의 특권층의 사람들은 문화적 영웅이나 자선사업가의 탈을 쓰고 살아가지 않으면 안 된다. 예컨대 빌 케이츠, 워런 버핏, 조지 소로스 등은 일년에 십 조원이나 수십 조원씩 돈을 벌지만, 그러나 그들의 자선사업만 부각될 뿐, 그들이 어떻게 그 천문학적인 돈을 버는지는 잘 알려지지도 않는다. 그들은 언제, 어느 때나 자비롭고 친절한 천사처럼 보이지만, 그러나 그들의 대사기술, 즉, 그들의 은밀한 전략과 전술에는 수많은 사람들이 그 어떤 비명 소리도 지르지 못한 채 죽어간다. 왜냐하면 이 세상의 삶 자체가 약육강식의 법칙으로 되어 있으며, 소위 크게 성공한 자들은 언제, 어느 때나 '고등사기술'을 자유자재롭게 구사할 수 있는 사람들이라고 할 수가 있다.

지혜는 한 마디로 사기치는 기술이며, 이 고등사기술은 마치 전략과 전술처럼 대학교육제도에 의해서 개발되고 전수되며, 최고급의 인식의 제전으로서 보존된다. 당신은 누구를, 무엇을 가장 잘 요리하고 최종적인 승리를 이끌어낼 수가 있는가?

아는 것은 힘이고, 많이 아는 자는 그 어떤 상대도 인정하지를 않는다.

어떤 인간이 밥그릇 확보에 실패하면 전면적인 생존의 위기를 느낀 나머지, 최악의 발광을 하는 미치광이가 되어버린다. 요컨대 그는 밥그릇의 이름과 그 역사 속에서 무자비한 정복과 약탈과 인권유린과 살육과 보복 등, 그야말로 약육강식의 진면목을 찾아내고, 이 세상의 그 모든 가치들을 무자비하게 물어뜯게 된다. 모든 싸움은 밥그릇 싸움이며, 이 싸움 앞에서는 양보가 없다. 양보가 없다는 말은 사생결단식의 말이며, 더없이 난폭하고 무자비한 잔인성이 배어 있는 말이라고 할 수가 있다. 밥그릇 확보가 안전한 사람은 무서운 잔인성을 숨긴 채 언제, 어느 때나 자비롭고 친절한 천사의 탈을 쓰고 살아가지만, 밥그릇 확보가 안전하지 못한 사람은 원시적인 야만의 탈을 쓰고 무자비한 살육을 감행하면서 살아간다.

타인의 불행은 나의 행복이 되고, 이 기회를 포착하기 위해서는 천 개의 눈과 천 개의 팔다리를 갖고 있지 않으면 안 된다. "예민한 주둥이 안테나를 곧추세우고/ 늘 후미진 곳에 숨어 기다리다가/ 누군가의 비명소리가 타전되는 순간/ 피 냄새를 따라 현장으로 질주한다." 타인의 불행과 타인의 비명횡사는 하늘의 은총과도 같은 축복인데, 왜냐하면 그 피투성이 시체는 가장 영양가가 풍부하고 가장 맛있는 음식이기 때문이다. "한 방울 피라도 먼저 빨아야 하기에" "극성스러운 소음을 내지르며/ 경찰이나 소방차보다 더 빨리 발진"하지 않으면 안 되고, 언제, 어느 때나 먼저 "떠가는 게 임자라는 견인의 법칙"을 준수하지 않으면 안 된다.

아버지 황제의 장례식이 아들 황제의 대관식이 되고, 소위 친구의 죽음이 '벼락출세의 행운'을 가져다가 준다.

이 땅의 어중이 떠중이들은 말한다. "피를 빨아라! 이것 저것 다 무시하고, 더욱더 무자비하고 노골적으로 피를 빨아라!!"

소수의 특권층들, 즉, 소수의 문화적 영웅들을 말한다. "선행을 하라! 타인들이 언제, 어느 때나 무한한 존경과 찬양을 가져다가 바치는 선행을 하라!!"

굴뚝꽃

최병근

그늘진 저녁
굴뚝을 읽는다

불길 속 나무의 뼈가
망울망울 풀어져
상형문자로 걸렸다

저 하얀 연기
수국처럼 피었다 사그라지는
목록의 흔적
실낱같은 가계가 선명하다

까맣게 타들어가
새겨진 지문
굴뚝굴뚝 피어난 꽃

   시란 대상을 낯설게 하고, 형식을 파괴하며, 그 모든 가치들을
전복시키는 것인지도 모른다. 하지만, 그러나, 시는 그처럼 인
위적이며 작위적인 것이 아니라 기존의 앎과 대상에서 새로운
것을 발견하고, 이 새로운 것에 의미를 부여하는 언어예술일 수

도 있다.

　최병근 시인의 「굴뚝꽃」은 러시아 형식주의자들이 주창한 '낯설게 하기 기법'의 산물이 아니라, 기존의 앎에서 새로운 앎을 발견하고, 그 깨달음을 통해서 전통적인 서정시의 양식으로 표현해 본 시라고 할 수가 있다. 굴뚝은 저녁 연기가 배출되는 기관이 아니라, 굴뚝꽃이 피어나는 몸체라는 깨달음이 그 사실을 증명해준다.

　굴뚝꽃은 "까맣게 타들어가/ 새겨진 지문/ 굴뚝굴뚝 피어난 꽃"이며, 이 굴뚝꽃에는 "실낱같은 가계가 선명"하게 드러난다. 초식동물은 육식동물을 위해 희생을 당하고, 나무는 인간을 위해서 희생을 당한다. 사회적 약자는 사회적 강자를 위해 희생을 당하고, 고급문화는 무차별적인 침략과 약탈과 살육을 감행한다.

　굴뚝 주인은 인간이고, 나무는 인간을 위해 자기 자신의 몸을 바친다. 그 어떠한 공격성도 지니지 못한 나무, 그 "불길 속 나무의 뼈가/ 망울망울 풀어져/ 상형문자로" 걸렸고, 최병근 시인은 이 상형문자를 통해서 나무의 역사와 가계를 읽어낸다. "저 하얀 연기/ 수국처럼 피었다 사그라지는/ 목록의 흔적/ 실낱같은 가계가 선명하다"라는 시구가 그것이고, 또한, "까맣게 타들어가/ 새겨진 지문/ 굴뚝굴뚝 피어난 꽃"이라는 시구가 그것이다.

　나무는 나무의 아들과 딸들을 끌어안고 운다. 망울망울 상형문자 같은 눈물을 흘리며 뼈마디가 시리도록 운다.

　나무는 나무의 역사와 가계를 지우며 불탄다. 이글이글 생살이 타는 고통을 참지 못해 지지직, 지지직, 신음 소리를 내며, 수국처럼 피었다가 사그라지는 하얀 연기를 토해 놓는다.

굴뚝꽃—,

아우슈비츠 수용소와 731부대의 생체실험실과도 같은 굴뚝
꽃—.

최병근 시집

말의 활주로

발   행 2020년 4월 10일
지 은 이 최병근
펴 낸 이 반송림
편집디자인 김지호
펴 낸 곳 도서출판 지혜 · 계간시전문지 애지
기획위원 반경환 이형권
주   소 34624 대전광역시 동구 태전로 57, 2층 도서출판 지혜 (삼성동)
전   화 042-625-1140
팩   스 042-627-1140
전자우편 ejisarang@hanmail.net
애지카페 cafe.daum.net/ejiliterature

ISBN : 979-11-5728-393-4 03810
값 10,000원

최병근

최병근 시인은 충남 보령에서 태어났고, 2020년 『애지』로 등단했다. 국민대학교 경영대학원을 졸업했고, 배재대학교 시창작 전문과정을 수료했다. 시집으로는 『바람의 지휘자』가 있으며 현재 수레바퀴와 애지문학회, 청주시인협회 회원으로 활동하고 있다

『말의 활주로』는 최병근 시인의 두 번째 시집이며, 『말의 활주로』는 좋은 토양이 아름다운 꽃을 피우듯 내면의 세계가 아름다울 것만 같은, 그런 시인이 피워 올린 한 편 한 편의 "청아하고 맑은 풍경" 소리와 같은 시의 꽃다발이라고 할 수가 있다.

이메일: cbgaaa@daum.net